一粒沙看見三千世界的
想從實在
盤旋三千世界攝下一粒沙裡詩情畫意

林夕・題

拾荒。十年

所謂垃圾啊
剩餘價值就是
尋回隱藏很多秘密的私生子

而我們何嘗不是過著拾荒的生涯
每天彎腰低頭如同撿拾路上被荒廢的
包裝紙
推理出他人生活的情事
對比自身的意義
如從一片炭灰看到了黃金
堆填出來的句子

聽說人生沒幾個十年
十年之前
看不明白的一個個字
十年之後
變成不願意看懂的事
一念垃圾
一念瑰寶
轉念如詩
亦不外如此

十方：

東南西北四維上下。

一念：

一彈指有二十瞬間。

一瞬有二十念。

一念含九十剎那。

一剎那含九十生滅。

一彈指間何止灰飛煙滅。

還閃現三百二十萬個將生即滅欲滅又生的靈光。

十方無界天地給了我無字天書
我想用文字來演繹天地的一念

彈指間發生的事情給過我　剎　那　的　感受
我想用　剎　那　的　感　觸　記下生滅間的感悟

想從　一粒沙　看見　三千世界　的浮色實相
想從　三千世界　攝下　一粒沙　的詩情畫意

想　從雜念　生懸念
　　從懸念　生想念　概念　信念　妄念　正念
　　　　一念　一念
　　　　　　　　　　　　　又一　念

聯念出
可大可小
可增可減
的心念
留下還值得　念　念　不忘的一念
意
念

序三

歌詞解放體
思考線條錄

當大家翻開這本書，看到裡面都是一頁頁分行的文字，
可能會想：這些是詩嗎？
請先泡一壺烏龍茶，容我娓娓道來。
其實，作者本人對是詩不是詩這問題，也烏龍得很。

這本《十方一念》的作品，來自香港《明報周刊》一個專欄的結集。

當初編輯撥出一整版讓我自由發揮，只希望在純文字以外，

還要添加一點什麼，要有玩味的空間。

當時就想，天下哪有如此好玩的事，我可以寫我想寫的「詩」了，

還可以弄一點視覺效果，詩中有畫畫中有詩。

為什麼是詩？

打從高中開始，便對現代詩著迷，

古典詩詞與現代詩在腦海中融合之後，詩路一直引領著我的思路看世界。

在香港大學修讀碩士的題目是現代詩，同時也與幾位志同道合的學友，

以義工的心態搞了一本叫《九分壹》的詩刊。

可惜，出版了四到五期之後，因人力財力無力進行到底。

之後，開始了填詞生涯，仍然念念不忘把現代詩的特質，滲透歌詞裡面，

有時候甚至把歌詞當白話詩寫，例如給王菲寫的〈臉〉、〈催眠〉，還有……，

只是這場持續二十多年的實驗，也弄出不少從鋼索墮地的犧牲品。

詩事了，詩情未了。

於是，那個定名《十方一念》的專欄，第一時間決定賣詩。

能夠在一本兼備娛樂與人文文化的大眾化雜誌寫詩，是多有挑戰性的遊戲。

首要任務是破除普羅讀者的戒心，別一看見分行的文字，

就認定是詩讀者、詩學者、詩人那杯茶，與己無關。

其次，就是保持不能寫得太「現代詩」的戒心，讓那杯茶比較容易入口，

像烏龍，在半發酵間引誘人先喝了再算。這其實也是個走鋼索的遊戲。

走了一年左右，忽然靈光一閃，管什麼體裁，管什麼讀者怎麼看？讀者能看到什麼才最重要。

該怎麼寫就怎麼寫，什麼內容以什麼形式表達最有效，就用什麼形式，

要不擇手段，管別人叫這是詩不是詩。

我相信，一個誠懇的作者，如果下筆時先有這是文學還是流行讀物的分別心，
寫出來的東西，還是有計算的痕跡；
一個作者最好的寫作狀態，就是揮灑，沒見過一個人揮灑自在時，還在計較，
這樣寫會不會不夠詩，不夠歌詞，不夠流行，不夠文學。
忠於體裁的定義，就辜負了作品該有的生命。

回到最初的問題。
〈純文字增修版〉取消了原初的配圖，一如煙幕消散，
還原赤裸裸的純文字，好像更有需要回答，
這本「文集」是詩集嗎？
現在的我會說，為詩與非詩的標準自製一把尺，既有所謂也無所謂；
看的人覺得那是什麼並無所謂，看完了，得著了什麼，才有所謂。
最理想的閱讀境界，是得魚忘荃。

寫《十方一念》，就像寫歌詞時忘記了音符、旋律結構、段落、傳唱度種種限制，而感受、想像、領悟的過程，在腦海中如浪翻潮湧，亂中有序。

所以，在這個習慣以規範換取安全感的世界，為勢所逼下，要替這些分行的文字正名，選擇有二。

一曰：歌詞解放體。

二曰：思考線條錄。

目次

01

02

03

01

把露珠還給池塘

第一滴露珠
憐憫蓮葉單調
吻下了同情的淚水
第二滴露珠
替蓮葉化妝
融合成宛如鑽石的亮點
第三滴露珠
想蓮葉搖曳生姿
匯成一波波漣漪
直到第四滴露珠
把甘霖變成一灘水

蓮葉累了

一個低頭

把它們全還給池塘■

青春仁慈物語

看見一條出路
於是
走下去　走下去
名店林立
於是
買下去　賣下去
有了車子　房子　面子
於是
有了妻子　兒子
有了時間表與終極地圖
當肩脊的肌肉緊縮成為

必然
愛瑪仕睡衣鬆軟的質地愛莫能助
身外情令幾十肩提早成為身內物
與你海枯石爛的只是你的肩膀
走下去　走下去
於是
務實就是相互推介幾號的按摩手勢比較高明
想念追逐如今過時的球鞋的願景
無謂的潮流在你清醒的瞳孔中早已乾澀
青春殘酷物語留下一堆救世軍得物無所用的潮服
而青春的仁慈
正在於有無謂的本錢，有什麼都可以無所謂的
虛妄▪

能嬰兒乎

自從知道有動賓句式。
就不會舞文。
自從知道有永字八法。
就不想弄墨。
自從知道有留白之道。
就不懂著色。
自從知道有寫實印象。
就不再寫生。
自從知道有六八拍子。
就不欲放歌。
自從知道有合縱連橫。

就不敢交友。
自從知道有愛情寶鑑。
就不懂愛人。
自從知道有方圓之術。
就不會做人。■

新石頭記

碳經過春秋壓力而成鑽石
鑽石因人性而裝飾了必爭朝夕的身分
身分往高處抬鑽石卻再難還原為支撐文明的能源

石頭據說因日月的念力而變寶玉
玉石因磁場而成催運的粉紅水晶
水晶放在孤枕獨眠的癡兒床畔
等待通靈而來的愛情
氣得曹雪芹復生親自把紅樓夢註釋一遍
青白石給雕刻成讓人看到無己無我的佛相

佛像給人砍頭放在古玩店擺賣
給亂開價犯了妄語的人
不斷收集佛言如瓦礫的黃金▪

黑白灰

光天化日之下
攬鏡自照
只能發現毛孔必然藏著污垢
只能越照越醜
每個人從此選擇
低頭
如佛像目光必然俯視土地
於是忘記了太空
只留意到步伐必然揚起灰塵
於是用心地
一步一生般

直到以為衰老必然洗盡鉛華
再攬鏡自照
竟然看不見
美醜■

不流也不留

兩手空空
挖開泥塵
比握緊鋤頭
哪個法
更快翻出淨土
赤足踏雪泥
不曾留鴻爪
騎牛上路
蹄印落款
不同法
看不異風景

而

人在橋上過
橋隨身影流
水是雲色身
不流也不留▪

圓方

圓形滑下去
滑下去
在速度中把持不住
失去了目的地
於是
變成方形
立定一點上守住了ＸＸ不能移的姿勢
在高崗上站成一塊牌匾
指示了路卻不能再走路
於是

既羡慕圓形滑到哪裡是哪裡
又鄙視圓形只順著路而走路■

冬眠不覺曉

人心之不足
不足以污辱
沒有眨眼能力的蛇
蛇吞下象
是持有零息的一年期定存行為
是有容乃大
天賦讓牠們吃撐得很自然
蛇之心腸只肯在吃夠了就不貪
扔下世界不管
誰見過蛇吞噬過
一座大宅門

窒息而死
你為搜捕無機物而無眠時
蛇正冬眠不覺曉▪

有生之年

小時候
可以選擇玩具
所以不懂得問
中學生可以選科
所以不會答
畢業可以選擇職業
不記得問
而立之後
忙於選擇基金
所以忘記了問
不惑後

疑惑著可不可以問
可以問之後
竟然相信疑問能解惑
知命之後
知道有人反問
但不懂得如何作答
命中既已註定
當初只是好奇
為問而問
有生之年無有長短
莫問能否走完崎嶇的路線圖▪

西天潑墨

上頭有一支筆

你一個牽手
筆就沾點墨往宣紙上一潑
你一揮手
也就是一潑
你從此往彼

也不過一潑
你算無遺策的動作
落得上面隨性一筆

有天你也走進畫卷
迷失在自己念念堆疊
而成的山水中
舊事綿綿遠看如雲煙
近看
不過是點染的墨跡
無從刪改
你說像什麼
就像什麼■

水墨

有一種樹
葉綠素如碳粉
讓叢林表達灰色層次之美
有一種屏風
雕欄玉砌會變身如墓誌銘
灰濛中失去銳角的線條
有一種玻璃幕牆
倒映蒼茫的暮色
有一種藍天
為煙霞留白
遠遠近近裡

城市高高低低間
黑白灰之運用
好一幅水墨
藝術成就
終於因經濟發展而
超英趕美■

風的自由

和風吻得樹葉
舞出形態
疾風搖得樹枝
拋棄樹葉
暴風猛得樹身
低頭認輸
風自覺任意而為
對滄海一聲豪笑

空氣靜坐時想
你不過是我一個嘆氣

我有壓力
你才能揮舞旗幟
天下萬物最身不由己的
就是所謂
自由的風■

道德風險

有人登高
掉下來
死了

兩種說法
一是失足
二是輕生

沒有人相信
他不是為了更上一層樓
而是想望盡天涯路

看出個修補世界黑洞之道
看不到自己到了邊緣
在臨界點
給犧牲掉
是為道德風險■

道路

路是由人走出來的
是由大多數人走出來的
於是便
有了指示牌
有了單行道
有了雙程路
有了紅綠燈
有了急轉彎
往何處去
旅程有人提供
從何處來

途中有人查問
有選擇哪條大道通羅馬的自由
沒有從胡同找出大道的念頭■

大歷史

每個人本來都是自身歷史的主人
主人又有各自的客人
客人回家又變回主人
每個主人的歷史
有些小如泥塵
有些大如陶像
有些主人的家大得能安頓天地過客
有些主人於是活在別人的歷史裡
成為自己小歷史的客人
主人與主人較勁
小歷史與小歷史比拚

小小得大是之謂大歷史
客人仰望彩陶像
忘了自己是陶泥
決定了肖像的面相

大
歷
史
■

小故事
小電影

每個人都是自己故事的主角
因寂寞把戲份分給第二主角
每個人都自以為是最佳導演
可惜眼高手低只懂特寫近鏡
不會教戲讓對白帶不出感情
爛片讓對手演技無發揮餘地
一套又一套令紅角淪為閒角
閒角們都是自己台板的主角
被刪減戲份後再做當紅的夢
冤冤相報下又製造大量配角
當紅當黑主配角循環何時了

人物關係枝葉終絲連成大樹
主角成觀眾回看半生電影節
不甘寂莫的怪自己缺乏天分
叫好叫座的大片又不安於室
懷疑演技太好連自己都受騙
人生如戲人人都有太多劇情
都忘了影帝名導少不得編劇
好戲爛片劇本來自上帝之手
強改情節結局多會超出成本
不是開戲不成就是慘淡收場■

難易菜根譚

唱淡易
唱好難
樂觀易
達觀難
興奮易
快樂難
品嘗易
消化難
出口易
上心難

愛人易
惜己難
付出易
創價難
發熱易
保溫難
擁有易
保養難
收養易
撫育難
義憤易
義助難
迷魂易
假寐難

歸邊易
中庸難
有志易
無住難
自由難
自在更難■

你們稱之為
巧克力的東西

在埃塞俄比亞中赤著腳
遊走
我不知道為什麼有那麼多火紅的煙
燻得我要不斷旅行
我的生活就是等吃的找喝的
然後睡一覺好或不好的
跟大笨象的生活一樣
可我們並不笨
我們只活到三四十歲
我還有二三十年的
吃喝睡　就不用再受傷口的痛

只是久不久就帶來食物及攝影隊的異族
別用那些你們稱之為
巧克力的東西
污染我的口胃
今生不曾嘗過的味道就無必要嘗
何必因見識惹來以後懷念
你看見我們會流淚
我卻從不知道我流淚的需要
你們回去將發現自己的幸福
卻從不感謝我
給你們重新做人的機會■

披著羊皮的羊

在食物鏈的頂端
我們都是沒有利齒的鯊魚
在爭取利益的關頭
是一毛不拔的狼
在權力的頂峰
是沒有尾巴的狐狸
在示威遊行的隊伍中
是披著虎皮的螞蟻
在機構的階梯上
是不會吠的狗
在追逐戀人的路上

是無法開屏的孔雀
在情迷心竅的時候
是給吃掉腦袋的靈猴
在寂寞難耐之夜
是自舔一身長毛的貓
在看透生死後
是隱藏智商的豬

那麼

除了羊
誰是披著羊皮的羊■

集體神話

都為了不想生活有所缺乏換到精神貧乏
都為了換來十幾天休假所以每天要掙扎
都為了終於獲得提拔因此忙得不能自拔
都為了住在高樓大廈勤於加班疏於回家
都為了賣弄才華於是買不回那花樣年華
都為了渴望出人頭地對什麼都留個尾巴
都為了天生我才想有用活得比庸才可怕
這是辯證法個人的笑話成為集體的神話
這是婚姻法為幸福著想不容任性中變化
這是變戲法在山水畫裡把城市煙霞規劃

這是誰選擇的生涯
這是誰嚮往的文化
這是誰生存的方法■

環遊世界

把五日四夜留在東京
把一生一世帶回香港
把床單皺紋還給酒店
把行李重量拖回家中
把生活回歸給時間表
把時間賣給工作賺錢
把金錢換度假的時間
把假期貢獻給全世界
把九日四夜留在巴黎
把一生一世帶回香港
把鐵塔成為交談話題

把友誼萬歲寄託飯局
把飯局消化成為便溺
把吃喝流失到化糞池
把見聞建成共同經歷
把經歷持續仿製青春
把過期青春留在上海
把滄海桑田帶回香港■

笑傲江湖

本來最愛讀笑傲江湖
難得考入港大建築系
於是精算鋼筋與水泥
本來無意替市容獻禮
難得母懷為此而安慰
於是熬夜有雞湯獎勵
本來厭倦想法被複製
難得脫離草根變花卉
於是拈花不止於交際
本來愛情令毛孔縮細
難得身邊人堪稱賢慧
於是拿積蓄擺一百圍

本來想獨個遊浪巴黎
難得兼度蜜月更實際
於是二人行也無所謂
本來偶爾孤獨的空位
難得雙人有床別浪費
於是放下金庸的自慰
本來渴望火花的心悸
難得迷戀會涉及安危
於是齊眉舉案變慣例
本來舊情令心裡有鬼
難得幸福可以靠修為
於是敬愛唯一的上帝

本來曲線下墮成趨勢
難得有新生命做厚禮
於是海誓山盟非虛偽
本來千金散盡求玩世
難得一家三口何壯麗
於是堅持永恆的單位
本來無一物滋養爛泥
難得庭訓勤勞如工蟻
於是無負建築的規例
本來淚腺尚存一鼇米
難得糊塗眼淚無處擠
於是英雄流血不流涕

本來令狐沖無所謂
難得東方不敗有作為
於是人在江湖與天齊 ■

離開現場

尋找美夢的力量
迷信堅強的現場
總是在沙漠中等待海洋
在跑道上跨越迷障
從此扛下更重的期望
早晚掉下飛翔的翅膀
誰知道誰在這一路上
受了傷又會怎麼樣
誰答應過我們一定有答案
走快走慢
錯失百分幾秒的風光

一樣有風光可賞
一樣趕得上地老天荒
生涯何止百一米
我們來這一趟
是為了找一個對象
還是為了做眾人的偶像■

井蛙與雞

當站著的高度
引發坐著的疲累
何妨躺於枯井
無所作為
臥看一段雲忽白忽黑
以為過雲將雨
視野遠離外面遍地啄食的
落湯雞
最終
嘗到一點甘露的
竟是一隻井底蛙■

本來我想說

本來我想說
天是空的
會不會寂寞
星是暗的
會不會墮落
本來我想說
咖啡因比酒精好

可是他們說
昏迷不會想出大禍

本來我想說的話可以釀成洪水
可恨遠視諸世間
本來非黑即白
卻讓高人賜我有色眼鏡
眼看自己從烏鴉飛出天空一片黑
著地
成色彩斑斕的鸚鵡■

分別心

在天外來客面前地球人有光年之別
在黑人面前白人有膚色之別
在城市人面前農民工有收入之別
在十字架面前和尚有來生道之別
在原鄉人面前外省客有身世之別
在金字塔面前照相機有像素之別
在蟑螂與小強之間有親和力之別
在普通話與國語之間有無語之別
在英語與非洲語之間有虛榮之別
在老闆面前僱員有椅子大小之別
在花園道與花園街之間有階級之別

在劉備與諸葛亮之間有縱哭與苦笑之別
在炒家與農家之間有睡眠深淺之別
在天才白癡之間有醒醉之別
在兄弟姊妹之間有命運之別
在愛人之間有輕重之別
在蘋果之間有基因之別
在孔雀屏下麻雀有功能之別
在蝴蝶眼中人類沒有美醜之別
在太陽的棺材面前
一切才沒有分別 ■

雲上的公平

機艙是最公道的
多付一些銀両
買來多幾公分天上的空間
在頭等艙裡
客人的姓氏都由空姐口中
得到存在的意義
有名有姓地平躺成一個大爺
至少　在抵站前

坐經濟客位的無名氏
雖瑟縮如蠶
省下盤纏
能買多幾公分地面的空間
而公平的是
大家都以同樣的速度
從此地到彼方▪

我出命
你出名

我的命是我的命
你不守天規
偷窺我的命
計出條什麼樣的數
用我名字的筆劃
寫出你的名氣
折了你的壽
剝奪我坐看際遇
揣摩未知的樂趣
你把我的命
填滿電視螢幕

羅盤顛倒
也看出
我最倒運
最薄的命
是不夠你的顏厚
能看透天機的人
為什麼這樣難看■

諸神的苦笑

信仰
令燈滅後的白光延續
於是可以不怕死
不同的信仰
令燈滅前的燭火爆炸
叫不怕死的人去死
耶穌不懂政制
警察卻奉民主之名
喙著一朵玫瑰
以為能以香薰取代
阿拉丁神燈

一切信徒都只是棋子
諸神望著棋盤上
每一步執著與霸心
走不出地雷的布局
拈花也只能苦笑
互相質詢
聖經與可蘭經
有否普選的路線圖
而
慈悲喜捨與信望愛
何曾相遇 ■

心經未竟

有沒有這樣的法師
吐出今世最後一口氣前
畢生口吐粲舌的蓮花
貼在善信眉心成為
淨土的入場券
而高僧往生
不求圓寂只求圓夢
只求地獄未空不成佛
嘆息橋上嘆息如電
照見五蘊未空
奉天詔日如是我聞

大師你求識求道
求渡一切苦厄
有所求而不得
故心有罣礙
故仍有恐怖
未離顛倒夢想
有智亦有得
以有所得故
未竟涅槃
弟子立地成佛
汝反在地傳法而落入有為法
故誦經有法寂滅無法■

橙

愛瑪仕的橙不是橙
首都機場的橙不是橙
袈裟的橙不是橙
黃土上捲起紅塵調出來的
是人造的橙
只有吃下肚的橙
才是神造的
橙▪

如風

其實
其實
風
只是空氣的流動
被文字癖挾持
裝飾了視野的窗櫺
看不見
高壓槽如何驅逐低氣壓
熱空氣讓路給微涼
大自然另一種權力鬥爭
證實天地沒有仁與不仁

空氣流動成全過花之可持續生長
啟動過一棵樹之忽然死亡

風

依他性起
依他性滅
一如生死
無非概念
既不能與天規講條件
不如趁風生水起
回想一下賽先生
念及
悲喜
的確
如風■

鯨經

你是一條冒充魚的鯨魚
在大洋裡借來魚之樂
你是憋一時之氣的能手
為求存才冒頭呼吸
你是海空之間被設計出來的自由派
也是在水平線上下的投機份子

在海面偷氧
在海底取糧
海成全你浪遊
卻不容你安生

你看似升沉無礙
卻疲於上下求索

你是離棄陸地的哺乳動物
省得攀爬跑跳
卻依然步步為營
戰戰兢兢的鯨
如行者勞累

以你三歲小孩的智商
難怪會在遨遊中迷途
稍微靠近此灘彼岸
就擱淺以終▪

莫非梨園

出人頭地之前
呱呱落地之後
那哭腔是子喉平喉
無中生有中命定
是生是旦
被推出虎度門外
才發現演來演去
不離那幾齣劇目
改變念白的語速
就追不上既定的行板
忍看滿堂虛席

文生武生
都得做出騎馬的姿勢
半生寒暑修來的功架
熟練到渾忘胯下只是空氣
向著台板上的空氣出征
青春在上妝卸妝中
都獻給了米飯班主
縱使洗盡鉛華
夢中依然唱打念做
忽紅忽黑皆為伶人
天涯海角莫非梨園■

囚

在　天地成為一個洪爐
或冰箱以前
已然在　生涯禁足
因為有　身
心　銬在眼耳口舌間
因為有　心
身　縛於念念串成的柔絲
而囚徒　兀自在捆綁中
笑得幸福
從自選的　鐵窗櫺飾　內
悲憫　外面的　荒蕪 ▪

光速回憶

你比很多人早很多步
用光照明了
萬眾心事
這個星球小了也大了
顯得更明也更暗
而從無限　0101010101
沉澱的回憶
以光速繁衍發酵感染登錄
最後你比很多人早一步
把這些回憶
交還給萬維

還原為無限　01010101■

忘心

忘了記起的
都是啥事
記得記得忘了
又是怎樣
一回事
不怪把忘記
連在一起的造詞者
只恨
祖先智慧
把心之死亡　合成　忘

■

破立

蛋殼的作用
就是破
給擠破帶來新生命
給剝開滋補了生命
給砸向牆是為改變生命
而牆的任務
是立
立一條不可僭越的底線
再多雞蛋也擲不倒一面牆
只在線上
留下生命的痕跡

讓牆堅立而不如故
是為無用之大用■

退化論

只有人才想像到
魚之樂
總是心重如鉛時
羨慕浮沉自如
在上善之水
無所謂迷路
無重可揹
甚至選擇來生化魚
只剩上下左右地
游
的可能

在睡與不睡間
吃到生命盡頭
問題是
不懂煩惱的魚腦既不知人
也無法再選擇喜怒哀樂
來生就只能羨慕
齊白石筆下之蝦
簡單樂活
如物種退化
也是條不歸路■

無野之城

每個人
跟著一段旋律的行板
用很
整齊
合拍
規矩
正大
光明
的氣派
在街上中散步
走著走著

原來都沒有偏離過
中和殿座落的
中
軸
線
中
和
得
很
文
明■

磚頭的功德

磚頭
疊起來可以安身
圍起來可以防洪救生
磚頭
不甘心
人們都忘了它最大的功德
是在此居停的人
為此改變了一生
因遮風擋雨而披星戴月
一直在用磚頭砸自己
生來自由的腳▪

02

如煙

嬰兒只愛哭
不理解煙之所以香
懂事之後呼吸需要誘惑
手勢成為一種習慣
雲與霧跟味道無關
焦油在牙齒上廝磨
肺葉忘了季節一釐釐凋黃
茶餐廳裡咖啡因升起
擁抱香煙
緊握情人掌心
無以名狀的分手突如其來

眼淚在人煙中怯場
唯以食指無間地把煙灰彈盡
散落在心中成疤
心與肺相安無事
直至二零零七元旦
獨身淪落在酒店門外
陌生人叢
萬眾一心
吞雲吐霧
齊呼新年快樂
不理解之所以快樂
你遂驚覺
往事一如尼古丁
在血管裡流動

上癮

如戀愛來自荷爾蒙
執迷而不悔
如果時光回到搖籃
不理解煙之所以香
肉身就能安座咖啡店
無所謂上癮不上癮
熱過幾個同桌人
如今坐立不安
不曾懂事原來就是幸福
戒還是不戒
煙還是煙
你能否是你
空無法褪色

竟然
是政府
讓你明白
愛情■

愛與威尼斯人

蒼白的美少年在威尼斯死前
該沒想到
那夢中的水鄉已變得金碧輝煌
在東方一個小小城市
令浪漫重新定義
愛情何嘗不是一場豪賭
贏來的籌碼
換來一雙情留博物館的背影
倘若輸去了感情
臉色一如從威尼斯人步出來的
一臉灰

人間就是一個賭場
賭錢教人上癮
賭愛讓人上腦
故情與義不值千金
千金散盡還復來
火花以瞬間最美的弧線失落大海
殘留的回憶將隨餘生淡出
二十一點越賭越精
情路越走
越化
化成小賭怡情的
妥協
可當你不再在乎輸贏
賭又何來刺激

對不起
愛情
不是樂趣
不是嗜好
不是文娛■

姑姑老了

我給你我的心經
你還我以兩個人智慧最近的距離
中間只隔著色之障
我未能成空之血
卻流入你的武功
即使你是楊過
遺憾我依然是孤寂的小龍女
我給你最後一口氣吹不起來的火花
你還我以老懷安慰的功力
我樂於有了後
苦於沒有了以後

姑姑老了

等不到十六年已入定於絕情谷

孤寂已非眼淚所能流散

我與你比試練功

靜待你的公孫綠萼出現

宛若一記黯然銷魂掌

打碎了我的心瓣

從此心血真的令我心中滴血

天意畢竟比宋朝的禮教

無可奈■

雨的距離

電話帶來沙啞的哭聲
原來你那邊正下著大雨
有一剎，我以為雨水
也流到我肩膀

你在說與他的糾纏
紊亂如雨
我像觸到濕潤的溫度
且喝著你口中的自白
情節儘管淋漓
但敲窗的手指
瞬即融散
我又怎能相信，我

還有力打傘子走到
你家

在我看不見的
你的窗外，雨水
扭曲了玻璃，背後
流盪著多少人家的故事
聽筒漸漸
沉重如天空，被窗
框成一幅灰幕
有一刻會垂下來，像披肩
溫暖我
而雨
從未在我窗邊流過■

我們沒有富士山

對你的認知
比我命更薄
無緣故的固執
比我命更硬
如果情必然靠談
寡言的你活如供我遙望的一尊雕塑
咫尺之桌
刻著天涯的霧水
刻不進骨而心有無字誌銘
閱不透你的過去現在
卻看見了我將來某一刻終將擦過的身影

人來人往間
看見富士山只能看過就夠
帶不走就攝進眼中隨時光把山色幻成空
可我們的明信片
只能憑電腦拼貼　填滿
沒有合照的距離
被逼相信
愛若難以放進手裡何不放進心裡
心懷你兩道濃眉
貼到每個無關我悲喜的人臉上
每個人都是你，每個人都可以不是你
霧水之交蒸發成雲後
你還是你
我已不再是我

直到一天看山是山
山不是山只是我一時的奢望
無解的命中
總得把心中的一座座山
修煉
直到成為讓我迷失的森林
在抱緊無動於衷的枯枝後覺醒那是
一株菩提
佛慈
故我悲■

因你之名

為了你一通電話
我的心瓣卡住在咽喉間
不能回話
也聽不到你在說些什麼
因為
心跳的回聲
撲通撲通如敲打木魚
你的呢喃
即如念頌金剛經
如露亦如電
我的心軟以柔制剛

金剛不能破
唯一看破的只是
生又何歡死又何憾
多年來能為你重犯貪癡
修為又何足道
為了你一通電話
來生倘因此輪迴成一尾金魚
也望能暢泳在同一個蓮花池
忘卻外面難以同居的高樓
忘了原來你並沒有來電
看著因你之名的短訊
才發現原來我還沒有
開燈 ■

秉燭

沒有燭
但你說西窗外
有一盞微火
在那細柱般高樓
盪著

講了滿房間的鬼故事，甚至
月光滑過窗花
勾住一塊灰白衣角，我們
也看不見雨夜
印下了晦澀的斑痕
冰涼情節說著
卻燃起各自的傳奇
一卷聊齋

畫皮融落
露出脆裂的芯
回溯那段蠟住的
光影
燙暖著
滴盡了便煮成

一壺濃茶
沒有酒
但我偶然低下頭，觀照
杯中
有著
似是我的
你的臉孔■

怕

擔心有些誤會
想以澄清的口吻
打電話給你
怕太像官腔
顯得生分
累積好些掛念
想以吃飯的名堂
打電話約你
怕太像敘舊
困在當年
捲起一泡情緒
想用分享的方式
仔細描述給你

怕太過逼真
變成性格
找到一些得著
想引用過去的事情
送給今日的你
怕太入骨
淪為失落
怕活在同一片天
仰望得太久
把沙塵凝成石頭
壓斷你我關係
怕成這樣
我們又是什麼關係
又有什麼關係 ■

一個人的事

我以為你叫我
我以為你說我
原來是我自己
呼吸的尾音太長

我以為你找我
我以為你看我
原來只是飛蛾
被燈光照成亂影

我等待你陪我

其實你剛來過
如果你覺得有問題
我真的可以
可以把
一段情
變成
一個人
的事■

給我一段仁愛路

我們相識在皇后大道
丟地上的菸蒂已如煙
皇后離我們而去當晚
我們面對面
看著時代閃電
那場大雨
一直下到今天
如今我為大地而哭
你依然為天空而歌
你不忠我不孝
天地不仁而我們有愛

感謝你曾
給我一段仁愛路的時間
給我一枝花的懷念
走到終點之前
誰都不會把一點感動變成誰的諾言
給我一段霓虹燈的火焰
給我辨認你的光線
說不定不會再見
也說不定有一天我會沿著街頭尋找
你抽過的菸 ■

生活在他方

切斷與外緣藕斷的虛線
不回一通短訊
他們會焦急　懸念
然後各就回各位
偶爾為你久無聲息
輕於慨嘆怯於報官
沒有人因你的蹤影去來有損
五倫在故紙中發霉
人情在冷暖中蒸發
世態在炎涼中鑄造
一帖無字碑

你看出來了
誰沒有誰都一樣
你的宇宙比世界更廣
靜靜地靜坐
靜到世界找不到你頭上來了
靜到聽見呼吸的存在
你不再是誰的什麼人
卸下國籍種族護照
一如生活在他方
你不知道在
做什麼想做什麼
在十坪微暗中
一燈如豆
照出一個陌生的自己■

長話苦短

長話
短訊
超過字數的心事
有賴科技給我們濃縮

聲音不再被懷念
交流動手不動口

至於祝福
大約在春節
流感般人傳人

收到相同的幽默內容
哭笑不得

不要緊
忘了手機沒有人聲只有鈴聲的孤寂
螢幕上還有
滿天下的相識滿天下的
朋友
送你一瓶忘年的紅酒

千萬別喝醉
醉在床上
會把仿絲當皮膚■

有空請回電

有空請回電
不回也是可以的
只是沒有人會相信你沒空
誰都有一樣長的空
只看怎麼個填法
誰都可以掏空自己
回盡所有來來去去的一切

有空請回電
已經客氣到這個地步
再沒有沒空的自由

否則客人就要生氣
除非這個身體的主人
有權力一個人生病
憑一味獨活療養▪

左傾的孤獨

棉被
如山巒起伏
隨輾轉反側而變態
左岸忽然潮漲成華山
無人論劍
就只能眼看右邊失陷成絕情谷
等上十六年
也不能等到綴在上面的花兒吐香
寂寞不是虧心事
故無所懼

甚至渴望有幽靈從被窩
浮雕出一段人體
把五嶽變身高原
與陰氣妥協
誰叫人總愛
獨霸雙人床上的江湖

要像鐵木真放下大漠
回歸單人的塵土
才沒有左傾的孤獨■

當歸獨活

天黑才開燈
寂寞才愛人
開門 嗅到芬芳 關門 喫到糖果
開門 聞到當歸 關門 飲下獨活
開門 關門 開門 關門 開門 關門 開門 關門 開門 關門 開門 關門

迎送中
沙發沒人坐會冷
喝過的水卻依然沸騰
門一冷一熱 出現裂痕

就貼道對聯連指紋都遮蓋
如左右門神保家宅平安
上書
只想到來時的溫存
總忘了告別的殘忍■

忠誠的狗

朋友
感謝你的忠誠
門鈴響時狂吠
但你要識大體明大理
無論自己人
陌生人
有人來訪總是好事
朋友
你近來真的老了
離棄了運動
生活就是吃與拉

掃掃你的額
就滿足得在床上睡死
懶得陪我看神州七號
漫遊嬋娟
如果你是人
已是耳順之年
我不怪你
那些場面與你無關■

電視機壞了

看見一個杯子
可愛得像個孩子
要不要把它買下
但萬一你決定要走
請建議一個我
喝什麼　喝什麼
喝什麼會比白開水更坦白
電視機忽然壞了
只剩下黑白
該不該把它修理
但如果你要離開

請先建議我
看什麼　看什麼
看什麼畫面才可以讓我看得開▪

咬

小時候的煩惱
咬咬拇指就沒有大不了
我只是想咬
有沒有味道都可靠
你沒有小指
巧克力之類一樣有效
心情不好
咬一口蛋糕就沒有大不了
正如手帕不在手裡
我就會變得煩躁
不用給我菸草

假裝抽菸一樣有效
給我手錶不給我時間都有效
如果你沒有什麼給我親一個
世界也就沒了倚靠▪

想抽菸的日子

心理專家說
不要說活下來就是幸運
不要說我們知道你的感覺
不要說你還有別的孩子
不要說你還年輕
不要說他們去了更美好的地方
不要說悲劇之後會有好事
不要說你會走出來
不要說你的生活還要繼續下去
不要說時間會治療一切創傷

那不如說
想抽根菸嗎▪

有種

兩種角色
一是專心看別人耍雜技
作為觀眾
看不過眼可以罵翻了天
一是親身上陣
用自己的方式演出
然後帶給別人快樂

兩種選擇
一是做劉翔為摘金而心跳
一是把刺激建立在劉翔的壓力上

兩種取向
一邊是漫無止境的等待
不愛則已　一愛就讓自己銘心刻骨
一邊是
愛來愛去好忙個不休
在眾人間合成幸福■

褲子與皮帶

褲子忽然遭皮帶離棄
癱瘓於大道中
比主人更羞慚的是
在過路人好奇的目光下
褲子發現
過去出彩體面的功勞
從來沒有對皮帶說過一聲感謝
與主人雙腿廝磨太久
以為天衣無縫
落得衣不稱身
對皮帶依賴

該怪主人勉強錯愛
還是自己天生大了一個碼
他的主人原來是皮帶■

這不是真的

那些年
不是以為郭靖就是黃日華麼
是誰的戲太好
還是誰的戲太入
不曉得張智霖李亞鵬胡歌
都是郭靖
而你一生只演過一回黃蓉
金庸都為梅超風的感情路
修改出另一條幽徑
你還拈起蘭花拂穴手
等待黃日華的郭靖

直到
查博士對你說
你要不就做楊不悔
要不李莫愁
其實你也可以演
移情別戀的
王語嫣
反正
這都不是真的▪

真假疲勞

信任難得
以致密語易求
不能說的秘密太多
每個人都靠太少的知心
當苦水庫
每個知音都有個人信任的耳朵
苦水庫滿溢須排洪
耳朵張得大口也就大起來
流言漂亮在因信任的真美善
而流動而改動而轟動
至於那些子虛烏有

的閨中密友
反正吐出來的野史
也可視作子虛烏有
也沒有揭露國家機密
給公眾一場與公眾無關的辯證後
一週過癮兩週上癮一個月後
總會犯了真假疲勞症
觀眾不用覺得蜚語太補身
主角不必看得自己太重要
那阮玲玉的肩膀就不會負重■

紅

當我見到天上星星
想念造物者的光榮
十七年前自高處俯視你
跑車的鮮紅
我知道了色

十二少
我們都是琉璃屋裡孤獨的薔薇
花落如塵
你隨風而逝
以脆弱的玻璃

把我這愚人
立地成堅強的泡沫
我頓悟了空
把你走後的空位
讓給眾生

原諒我這濫情的伯牙
以你的告別
化作偈語普渡
只願文華沒有孟婆茶
毋忘淺水灣有望海觀音
保佑我們曾在此笑談成歌

我們輸給情緒卻戰勝了永恆
如露如電亦如花
在妖媚花瓣凋謝前
你穿過的高跟鞋
化成萬有中的一點紅
直到多年後的今夜

你靈魂是否美麗如昔
我肉身是否焦慮如昨
假如留戀難以斷念

願我是水而你是浮萍
在湖中張望彼岸的菩提樹

路過的蜻蜓不甘寂寞
點唱空靈的輓歌▪

黑白夢

如果
夢想就是睡個好覺
危險在於
睡夢睡夢
睡醒還能想起有夢
就不算好覺
如果
睡覺是為了有個好夢
無助在於
不是想就能有夢
記得住夢就

犧牲了安眠
在睡夢中為一個夢想
而睡得不好

夢想夢想
能給想到的
只有靠清醒時做的那種
叫白日夢
夢是在大白天毒太陽下給
曬出來的■

殊途

不相識的車
載著不相識的人
擦過
兩旁不見面目的
俯探著的頭
向岸邊
撒下錢和衣物
給不相識的人
一張張大額溪錢
給火光兌換
飄舞在各自的殊途
但那陳年雙蒸

濺落，竟泛不起一滴思念的
淚
穿不上身的色調
一樣的褶痕
從未有人擔心過
這樣原始的衣服
會因為沾過
混凝土的塵緣
溝渠的油膩
而變質
而挑惹起
陰間的凡心▪

什麼什麼

有錢要買什麼
有情要愛什麼
才會快樂
要崇拜過什麼
再離棄過什麼
才會選擇
心裡要想什麼
嘴裡要說什麼
才有道德
要討伐過什麼
要包容過什麼

才有諧和
失戀失去什麼
失敗失去什麼
才會捨得
要記住什麼
要忘記什麼
才像個過客
了解人生想做什麼
迎接往生該做什麼
沒答案問什麼▪

果實的養分

王語嫣終於為段譽哭了
她的傷心成全了他的開心
如果她為他笑了
他必然又樂到哭了
也別問寧可惹人哭還是逗人笑
只因少哭少笑
助享天年
白頭更易偕老
問題是
當收集眼淚與笑容
的過程都超額完成

勝利果實吃進肚裡
誰負責提供
另一種養分
讓結果
不斷結果▪

屍泥

東坡能共千里之嬋娟
誰的心不能祈無量遠之福
地獄天堂的距離
原來不在一念
而是一臉
誰的淚要在現場才能蒸發悲情
誰因合什而離間
誰在往生與餘生的門坎上
仍不肯讓路
仍捨不得禁足於渾水
還災難最純粹的甘泉

如果屍體剩餘價值是鋪路
渡活人舉步過橋
那麼鐵石也非無情物
化作屍泥更護屍■

掌上燈蛾

燈蛾不斷為追尋光明而撲火
掌燈的手不斷為救生而燙傷
直到蠟炬成灰
一室無明
燈蛾停在掌上
舔著傷口上的血痕如斑
感嘆世道黑暗
誰燒焦了這片丘陵▪

如果你是
一塊巧克力

說什麼盪氣迴腸呢
那一吻
不過像吞下了可可中的苯乙胺
從腸道千迴百轉成反射弧
引發那叫愛情的感受
你不過是一塊巧克力
吃完了刷個牙
就白茫茫一片乾淨
說什麼莫失莫忘
那些回憶
我不讓海馬體送進大腦皮層

就兩忘於
神經系統中■

我終生的風景

你送我一瓣雪花
不如送我一個窗台
給我一個大堂
不如給我睡在大床上的可能
你知道的
給我一條歐陸情懷的短片
卻奪去我歐洲之旅
甚至所有情懷
而為了那看不到雪花的窗台
我終生成為一幅風景
不能動彈

供人瞻仰■

兩個人的腕錶

竟然
沒有兩個人的腕錶
同時走進同一秒
同年同月同日
你的六時多
是他的六時多一點點
他眼中的黃昏來得快一點點
僅此一點
就足以成就憾事
快了的越走越遠
他的手錶告訴他

你來得太晚了
到仰視鐘樓
又是另一番光景
各自報時
難怪人總是在等人
而時間之所以會騙人
正
因為各人有各人的子時
十分鐘內含六百次一點正■

往光處走的人

一直
只往光處走的人
沒察覺
一路上留下
陰暗
也從沒看見過
自己的背影
而被丟在後面的人
再細說分明
即使來得及
他也沒能聽見▪

彼此彼此

當我淚流披面。
別急於鑑定成分。
悲喜以液態示人。
有時只像。
睡火山偶爾醒來打了個呵欠。
原因不是重點。
正如。
聽你嘮叨一夜的困惑。
你需要的。
也不是出自我口的。
你早已知曉的。

答案。■

做一場流淚的戀愛運動

如何想像
跑步到了終點　只有喘氣
不冒一身汗
一如運動
兩個人追逐一場　只有深呼吸
而滴淚不流
是有違生理現象
還是跑得不夠痛快
畢竟排洩物之於運動
是健康而非病態
汗與淚在事後既

多餘也必要

溫泉煮蛙

青蛙在漸溫的水中
舒服到死
在溫泉中戀愛的青蛙
有另一種死法
水溫漸漸增加到不能承受
不是沒有逃生的想法
只是跳出來
兩腳走了很久　很久
才發現心瓣灼傷
以詭異幸福的神情
把玩一個個帶菌的泡泡

仍覺得很舒服
捨不得割切
保命■

擁抱雲的人

奇蹟出現了
有人在雲彩中飛舞
想擁抱雲的人
終於也升到一個高度
卻註定落得
從霧中找雲

如何能在雲裡看雲
下面翹首以待的
才目睹了神仙境界
正如

森林中誤解了森林
戀愛中歪曲了愛情
故曰
在潮中不能說潮
在雨中不能說雨■

謀殺影子現場

回到案發現場
無數人形以白線勾勒
在地上牆上桌上床上
沒有屍體的遺痕
但有人的確在這活動過
而如今只有指紋腐朽的氣味
有血有肉的影子都被謀殺
回返回不去的地方
只能像神探
撿拾證據
想像當時住客

既非行屍走肉
所有衝突撕裂
都沒有被告■

一樣不一樣

召集多少
一樣的人
世界
才容得下
不一樣的
人▪

無限美好

農民耕種讓城市吃得更　美好
農民打工讓城市玩得更　美好
城市讓市民生活指數更　美好
市民不好讓城市產值更　美好
壓縮生活讓城市發展更　美好
藏污納垢讓城市看來更　美好
城市美好讓國家表演更　美好
國家美好讓世界話題更　美好
國民不好讓地球村更　美好
沒有人要活的話
城市自己活得更　美好▪

抱歉我的眼鏡

抱歉
我的眼鏡
放下你
什麼都模糊了
甚至讓我明目的你
也退隱於無
而掛著你的時候
又看不著你
原諒我
要換一副眼鏡
才能面對面

謝謝你
曾帶我看清楚這世界
以及別的眼鏡■

03

起來不再做奴隸的人們

沒有人相信　夕陽下沉得比宋朝快　是因為新蓋的樓房　攀升如天文數字的指頭
起來　起來　起來　超越五千年平均線　皇天貶值　后土有價
不再做奴隸的人們　在國壽中福壽雙全　在熱錢浪奔浪流中求存
摸著石頭過河　怕蝶泳起飛的翅膀拍穿泡沫　再世夏禹宏調洪水治天下
起來　起來　起來　稻田守望成世界工廠
五星耀五環　運動把古城打造成工地
長城捍衛示範單位　有列強瀏覽
十年樹木　一年樹樓　巴比塔和平崛起
漢唐盛況照亮陰陽燭　在2689玖龍紙業上寫下詩意升幅
798大山子畫廊由八國聯軍裱起進軍蘇富比
前進　前進　前進　進　匈奴以沙塵暴犯境　大漠以礦產進貢城市

曖昧的胡同仍羅列食的意象　吃了一畝畝耕地的　一粒粒白點　漸次熄滅　在碗裡
飛龍在天　髮線後退　活著　這是一卷曝光不足的底片
總沒有人相信　那是因為　浸在藥水裡太久的緣故▪

熱島小夜曲

親愛的　對不起
我以私奔的速度一路走來
冰淇淋還是禁不住
在你家門口流淚
不要緊
奶油軟了
我們的堅強
在於從今以後
永遠流汗
不會再流淚

我們身焦如焚
惟在潮熱的床單上輾轉
浪漫才得以排放
在這火紅年代
只有空調才是救世主
就讓它跟咫尺的同類喘息飛吻
任玻璃窗哭泣
逼迫街外另一對情侶走投無路
成為我們的循環

親愛的
別怪我自私
我知道電費今天要每分鐘一萬元一立方米
沒有冷氣我又憑何分辨

你的汗珠是來自我的荷爾蒙
還是
停在你樓下的奔馳狂熱氣息的呼喚

親愛的
我無能嫉妒

據說
世界警察對恐怖份子的熱情已經冷卻
他們如今為高溫心寒
我們遂得以和平交換溫柔

而我們的幸福在於
流汗成為永恆

直到死去都不曾流一滴血■

咸豐皇帝的金絲楠木棺

是什麼基因
叫你們要幾百年才長大成材
是什麼土壤
使你們的肌理結實閃金如絲
想退隱山林
卻滅族難逃
你們給集體腰斬
自蜿蜒山路
萬里迢迢出殯上京
當年忘了以嗩吶奏輓歌
活了千歲

只不過讓萬歲的遺體
較接近不朽
萬歲萬歲沒有萬萬歲
你們千歲的屍體
沒有隨無能的蛋白質腐化
雖梟首成榫頭
卻比權力穩固
咸豐年往事不堪
你們遺骸不腐價值不菲■

十年一覺

誰拯救過皇后　誰採到了天星
誰在暴雨中眷念　誰在煙花飛舞後入市
誰在中間的位置穿了一身紅然後給抹黑
誰用左手找到自由
誰借黃金右腳被封英雄
誰是冠冕背後潔白無瑕的上帝之手
納稅大軍迎擊　俄羅斯失陷
誰是生擒大鱷的人
八萬五中途彈票
一字記之曰居不得
色字以外頭上還有一把刀

五十萬人不見血
卻踩中了誰的痛腳
推銷員與律師誰更會賣口乖
給賞賜剩餘的權力
偷步者在獅子山下互勉
歌者提早得永生
不文成為文物
哥哥遺愛
梅花落　何花開
二十年來最好
二萬二千點有史以來最高
又如何與快樂指數套戲
惟有飲者留其名

無泡沫不歡
見會所則醉
金融何時方煉成雕塑般的羅馬柱
放進牆頭草中夭折的博物館
給西九的屏風掩護
疫區降價　人情升值
只恨二百九十九人死諫
並沒有讓我們的夢想成功轉型
十年人事
如何翻身■

天上的一顆星

天星一夜殞落
禪若寒山寺的鐘聲
因絕響反喧鬧成大悲咒
替趕不及時代的一葉舟超渡
混凝土碎落
忽爾美如花粉
在久違四十八年的工地上播種　開枝散葉
糾纏於一棟棟的古老名相
骨董終於有價　原住民未到手的鈔票　滲著政治油水
媲美　0005大笨象的鋼架
五十年開花　五十年結果

貝聿銘栽種的金屬銀竹　也終將受到保育
因矮小而死亡的希爾頓酒店
隔代少女對咖啡香夭的傳奇一無所知
站在前人好時光的門外仰望
淚流成
長江
恨情人在此永訣　懷念
足夠把貪婪的巴比塔看成溫柔的城市標記
消失的建築物曾讓路給
經濟
如今補地價給消失的
愛情
背叛的面容化成水月
長存的琉璃幕牆倒映出鏡花

今天的花相高樓必成未來的古跡
時代在大街小巷流轉　舊情人一如文物　一磚一瓦
一切唯心　有心忘相
回憶只存在心中
直到北冰洋的堅冰
為有為的人類流淚
融解白堊紀的集體回憶
五億萬年前的微生物
成為無法滅絕的文物重生
北極熊隨天星軌道永存光盤
馬爾代夫在水平線下美豔如昔
而我們　沒有從大歷史得到教訓而妄想保存小歷史
最終變成不能存檔的歷史

人命在幾間　在呼吸間

天下萬物生於有　有生於無■

昨夜小樓

玻璃幕牆反映著遠景
連紅綠燈都迷失於
橫匾直柱
石字崩缺
撇捺指示西行便畫出
過時的東方象徵
汗和泡沫
早塗霉
月宮殿上的渡頭
銀鈎割破了明信片的帆船
幾柱香撐住夜幕

月色陰乾了
昨夜小樓外
剝落的陳皮
窗上木框縱橫交錯
凝固
晦澀的碑文
預言
銅臭終有一夜
漂淨海味的腥氣▪

所謂轉型

童年回憶值兩千餘塊
碩果僅存的塑膠小豬
不比豬肉值錢
遂給剖腹
賣掉過期硬幣
買來愛國證券
好歹都是在天不吐煤礦的股東之一
卻無權日理萬機
自此黎明即起
十時開始難以平伏的心跳
朝來寒雨晚來風

聞風色喜

賣掉首飾買窩輪
窩輪滾動炒黃金
一串光陰一串金
一両黃金買不回青春小鳥
發了小財卻肥了腸肚
折翼人間天使再無心豆豉
五線譜給射擊之星射成五十天線
聖詩唱不贏手機上的消息號碼

金融支柱又多黏上一層金鉑
只是皮膚無覺中添了皺紋
成為生命中不能承受的重■

無依

股市瀉下來
電腦垮下來
手機掉下來
水晶脫下來
念珠放下來
香油省下來
燈泡旋下來
觸角拔下來
腦海靜下來
藥物收起來
酒瓶埋起來

知識藏起來
躺椅摺起來
脊樑硬起來
眉頭垂下來
才能看見
葉子是怎麼樣掉下來■

舌頭與鋤頭

有些話語
因不快而快
快如把二氧化碳吐出來
成為聽得懂的發音
聲帶經不起誘惑而震盪
只怪丹田容不下沃土
舌頭沒進化成鋤頭
字義來不及扎根
未經醞釀
未能成熟如果實
在污泥播下

將成夏花的種籽
只剩
牙碰擊齒的噪音
像鋤頭敲打鋤頭▪

與象偕老

悠悠我心
竟無他人
為金之故
沉吟至今
執著之手
與象同行
不離不棄
非故非親
起跌無常
盈虧有因
血肉偕老

長城哭崩
百踩一沉
情何以堪
變臉有數
安樂無憑
對象彈琴
非貪即笨
與物談情
方證如今
■

餿主意

因為沒有主意
才有了種種主義
主義起義再失敗後
沒有人再相信
籃子無縫如天衣
上市場要多帶幾個籃
把雞蛋分開擺放
因為天網疏而不漏的
不是編織得漂亮迷人的籃
以為這個籃破了還有別的
還有剩下的蛋

卻忘了蛋也有毒
本來不過為了溫飽
在市場中揹著五六七個籃
白疲勞一場
最後還是沒有主意
只有不那麼餿的餿主意■

口頭禪

所有是非都是個別事件
於是

演技都是爐火純青
對手都是同舟共濟
醫者都是濟世為懷
表演都是嘆為觀止

眼舌鼻身意都退化
回到口腔期牙牙學語的境界

電影都只能好看
歌曲都只能好聽
荒謬都只能無語
幽默都只能搞笑
漸漸
什麼都很勁
什麼都很囧
什麼都很超
在文字被放在博物館裡典藏前夕
什麼都只能是什麼
什麼都是口頭一字禪
最後不落文字▪

歸零

一期一會
兩年一度演唱會
左三年右三年
四年一任議員
五年一屆行政長官
六年小學生涯
七年夫妻之癢
八年兩黨輪替
九年執政變在野
十年樹木
五十年一遇雪災

當然都不及全球每日都有人在做的
小事
觸目
小事化大
當我們醒來看報章頭條並沒有發現又是另一天
只有相信十八年後又是一條好漢
人生不滿百
大事終將歸零■

看報

遺憾
只得左右手
咬緊牙關
把心裡的塵一一抹盡
至潔淨無色
卻不覺留下自己的指紋

於是註定
一攤開報紙
色彩斑斕的世局
再度攻心

且染成
黑白分明
無助的是
左右手會得抖震
再度灑下灰塵
再次咬緊牙關▪

傻孩子

陳堅，你說：
這輩子我沒抱太大的希望
只要我兩個和和睦睦的
過一輩子就行了
然後　你的妻子看不到
你走完下山的路
救你的人對你說
都撐了這麼久了
你這　這傻孩子
你
你撐了三天另六小時

你
你
而我
我們
何嘗不是壓在一時頑固的瓦礫下的
傻孩子
為自以為是的安生
撐著過這一輩子
撐
撐一萬瞬間和一億剎那
又有什麼分別
傻孩子
倘你的遺言能如千斤頂
讓我們從縫隙中得到解脫

離苦得樂

你臉上的泥土

將是我們這輩子重生的養分

謝謝你　陳堅

下輩子再見■

默哀三分鐘

一剎那含九百生滅
一瞬間萬千往生
一分鐘
含十三億念
念及一片桑葉之枯榮盛衰
默哀
三分鐘
哀三千年歷史在彈指間
彈出染血的江河水
沉默後
悲哀可否

釋放
眾聲交響
活埋貪嗔
用三分鐘
可否冥想出
往後三千年的陽光下
螞蟻
不被踏扁的方法▪

燭光很忙

燭光很忙
這年來不斷照亮地獄與天堂
逗留在地上的總得習慣
暫時的黑暗
再冷冰陌生的床
把身軀放下
自語一千次晚安早安
自然會變得溫暖
令愛你的人安詳▪

雪的聯想

水
何曾想過因受寒而化身
雪花
無故給情侶膜拜
貢獻冰封的回憶
雪花何曾想過一著地
花瓣即破滅成白色地毯
雪的感性令煤失去常性集體自焚
水因而走火入魔
讓雪花發飆
神州大地給宏調成一座冰雕

還航髒的城市一個純白的裝飾
天下有情人忽然醒悟
慾望過盛的代價
大街小巷都成雪花抄
風花雪月有損衣食住行
刻骨銘心的場面
在化學原理的現實面前
頓成虛幻
當直通車不能通行
白色聖誕原來是人世間自製的類文學信仰
文學必敗給經濟
水
創造過無解的浪漫
衍生出無辜的災難▪

動物農莊之
紅與黑

紅了兩個品種的牧羊犬
爭相做羔羊的守護神
黑了曬傷的牛
紅了以鐵枝為翅膀紛紛飛來的金鷹
以超越人類千倍視力俯衝
趕忙舔著吃不飽的白兔的傷口
黑了相煎何太急的麻鷹
紅了露點的猛虎
黑了被譏為烏龜的笨象
象不能以森林定律為反辯縮頭的理由
萬獸之王不能主持曖昧不明的公道

高瞻遠矚的長頸鹿為說出現象會給擲石頭而沉默
白鴿的感性蓋過牛將逐漸被驢取代的理性
紅的是獅身，依然只顧守衛著金魚缸的風浪
黑的是工蟻，口渴依然▪

當貓頭鷹獰笑

當
五百斤榕蛇兩百三十五條五爪金龍七十四隻穿山甲二十四隻夜鷺一百三十條大壁虎
在人類的胃液中融化成糞
倖存的一隻貓頭鷹
危立在樹梢上
獰笑
今後遍地開花的老鼠
豐富的蛋白質
將任由牠擇肥而噬

當
豬肉漲價
人命又值多少錢一斤

當
午餐可以
吃貓
晚餐卻愛
吃田鼠肉
我們憑什麼道德觀念
批判
同時愛上兩個人的
劈腿行為■

江山如此多嬌

大款
欲借水色
照出幾何原理

港仔
把嗜吃的舌頭捲出
一張滿布摺痕的人民幣

孩子
靜待斑駁的牆壁
剝落一幅笑臉

母親
盼望撒下的鹽屑
栽出幾朵油花■

十年三疊

當老年人壽比南山
每家人都有了一級保護文物
紫檀屏風與混凝土屏風又如何比高

當左腦因務實而過分發達
下一代欲倚賴藍色的精靈延伸右腦的幻想
左右的政客又如何執中

當煙霞多年後有機會申請天大奇蹟
黑白灰時裝的優雅成為虛幻的天幕
萬里長城又如何保衛藍天白雲▪

乾坤挪移

建設搞到終極
不是為了建功

難道是為了樂活
真相尋找到最後
不是為了把事件整形
難道是為了令人失望
熱情不把它給利用
難道是要那把火來點燈
運動不用來譜個主旋律
難道是用來強身健體

過去不是用來忘記
難道是用來改變明天■

金木水火土

洪水不能嚇走
迷戀子彈的人
從天梯上拾級而下
擁抱眾生
緊握金木土之手
既然捨人道得槍火
捨得千萬級浮屠倒塌
但願靈魂與肉身沒有白白分離
正念碎成瓦礫
反把軍服一併埋葬
還上善之水一個公道▪

昂山素姬門

他們只懂關起門
打狗
打主意
打造主義
同時也打造了英雄
他們從不開門送客
讓等你回家的弟兄姊妹
都成了主人
為你做主
你有很多事兒想做
其實你什麼都不用做了

你心平氣和
門縫不留一寸隙
一呼一吸早晚
累積成風暴
其實你什麼都不用做
他們對門的學問
限於遮羞之用
不可能參透
關即是釋
釋即是關■

廢料

如果只能在發展中進步
就在廢料裡
考據生活
眼淚和笑容都不留
只知道橘子的核
是多了還是少了
必需的多餘反映美滿的全部
被排洩出去的
堆填區中的峻嶺
突顯幸福存在
唾沫潔亮如鏡

只那一傾垃圾
足證不枉一生■

狗臉的幸福

謙卑
向一頭狗學習
吃睡拉一條龍
給閹割後清心寡慾
那麼
從花開到花落
從流行到落伍
從承諾到背叛
從冰島到熱島
從利用到出賣
從協商到對罵

從親近到疏離
從保守到開明
從謊言到敷衍
從什麼到什麼
都可與你無關
你唯一需要的
只是一個
需要你的忠心的
主人■

我願意

我願意活在夏朝
只要不因勞心治水不成而問責丟命
我願意活在春秋戰國
只要不因愚忠而帶著牢騷離世
我願意活在秦朝
只要不因識字而給坑死
我願意活在漢朝
只要不因武功而沾滿匈奴血
我願意活在唐朝
只要不生於會昌中興而奉旨滅佛
我願意活在宋朝

只要不因吟詩而吟出先天下之憂
我願意活在明朝
只要不因有所為而無葬生地
我願意活在清朝
只要不是君臣百姓而是
圓明園中一枯木
在火中羽化
我更願意活在石器時代
只為沒有金銀銅
我願意活在任何時代
只要證實桃花源匿於武陵
不知有漢有唐無有魏晉
獨善之身影後有南山 ■

懸空寺之懸念

懸空寺懸空千年
解了多少人的懸念
樂山大佛坐出青苔
樂了幾多善信
雍和宮找不到血滴子
和諧了多久的梵音
多少給斬首的觀音
斷臂不知還能否普渡
砸打有時　主打有時
倖存的物質贏到個　AAAA
無限風光

還能照亮多少旅人的夢鄉
大紅燈籠當空掛
大氣候一瞬成風
只恨動盪的燭火
正大光明中
不是擺得太左
就是太右■

輓歌的旋律

鼠首兔首龍首蛇首都不堪回首
又何必強求聚首
十二生肖早已啞口無言
吐不出逝水長流的時辰
倒不如忘了錯亂的天干地支
銅鑄的臉再在洪爐中燒出火藥的疤痕
疤痕的代價何以惹來競價
天下萬物被時光遺棄皆成文物
誰把遺物以歷史之名創造荒謬的銀碼
誰把文物以藝術之名兌換博弈的籌碼
就讓

文物歸於文物
藝術忠於藝術
歷史交還歷史
輓歌的旋律
豈容拍賣官一槌定音■

迷失書叢林

埋頭在樹木屍體造成的書城中
萬千作者加起來年邁如
白堊紀
迷失日夜
更漏把我漏掉
一人獨對諸子百家
主義把我包圍
已故大師在暗無天日中
作祟叫囂爭辯
想問他們哪位能給我指點出口
竟成一句咒語

躲回故紙
萬籟回歸
無解的寂靜■

如果再沒有人讀書

假如再沒有人讀國富論
就沒有人為國而爭論
假如沒有人再讀三國演義
就沒有人沉迷鬥智的歷史
書香不及嬰兒香
如果再沒有人讀書
是否就能反祖成嬰孩
餓了就哭
那種眼淚單純在
供求關係
那種快樂簡易在

吃得夠飽
倘若
每個人都不會長大
地球或者不會死得太快■

蝴蝶效應

有人在林蔭下看史記
用放大鏡查找不足
古還未為鑒
太陽已聚焦於歷史的一點上
傷口燃燒
片片往事如火蝶飛揚
為千年古木送上死亡之吻
燒掉了好幾個朝代
一節節明一段段清盡成灰燼
火舌舔亮了半邊天
遠處有人失戀

看見雲比平常鑲的邊特別金
於是收回殉情的念頭■

和

再沒有這樣違反自然規律的奇景：
月明星稀
麻雀北飛
為覓食造巢
巢成之日就是集體回鄉之時
在入伙派對的朱門外
老家菜色如故
沒有鋼索帶牠們起飛
麻雀要用走的

回到千里之外

再沒有這樣詮釋人為自然的手勢：
煙火橫飛
白鴿為記
萬指繞模仿翅膀騰飛
麻雀以為那是牠們的影子
白鴿無知以為那是鳳凰朝天
因為不明過去捉放鴿代表什麼
因為過去的和平都有人給放鴿子
這次白鴿飛回尋常百姓家簷團聚

與麻雀的命
和而不同▪

色·空

山是山
樹是綠
而
空氣非空
亂了色
山不再是山
樹是水墨中的一片淡灰
千年之後
當

金不再是金之後
空氣歸空
樹是綠
山是山
空歸空
色歸色

山本青
樹本綠
是我們的眼睛騙了我們■

一時感觸

【民主】

青蛙在溫泉中待久了
想跳出來呼吸
忘了先往後縮才能把腿伸展

【自由】

擺脫了線的風箏
不安中飛到哪裡是哪裡

【和平】

心懷圖騰的狼化為屍水

飛天的慾望終於積雲成雨
七大洋維持統一的海平線

【愛情】
有一種青蛙能為了交配而轉換性別

【事業】
用自由兌換讓人頭破血流的磚頭

【青春】
只能在波幅中短炒。不能長期持有

【生活】
羊群幸福之處在於無知無覺由牧童引路

【生命】
忘記有畫筆的畫布

【煩惱】
水與水波■

歷史舞台的建材

一個個好人
走上了英雄的高度
本該感謝搭建這舞台的
朽木
紫檀被藏起來奪去了
剩下腐壞的痞種
遍地疊成讓眾人景仰的超然台
性本惡做了本善的墊腳石
只恨那土壤
不知施了什麼肥
空心木林仍枯而不死

幾千年植入地盡處
盤根錯節
一個個英雄走過跨代的舞台
名字鍍上的金都蒙了塵
只有下面的朽木
永垂不朽■

國家圖書館出版品預行編目（CIP）資料

十方一念珍藏版 / 林夕作.
--初版. -- 新北市：香港商亮光文化有限公司台灣分公司，2022.12
面；公分 --（詩集）
ISBN 978-626-96934-0-5 （平裝）

815.487 111020351

十方一念 珍藏版

作者 林夕
出版 香港商亮光文化有限公司 台灣分公司
Enlighten & Fish Ltd (HK) Taiwan Branch
主編 林慶儀

設計/製作 亮光文創有限公司
地址 新北市新莊區中信街178號21樓之5
電話 （886）85228773
傳真 （886）85228771
電郵 info@enlightenfish.com.tw
網址 signer.com.hk
Facebook www.facebook.com/TWenlightenfish

出版日期 二〇二二年十二月初版

ISBN 978-626-96934-0-5
定價 NTD$450 / HKD$138

此版本於台灣印製 Printed in Taiwan